ANNIE,
a menina do mar

Para Julia
D. A.

Para Olimpia e Mimosa, minhas menininhas do mar
B. A.

ANNIE,
a menina do mar

DAVID ALMOND

Ilustrações de Beatrice Alemagna

Tradução de Rafael Mantovani

Minha mãe diz que tudo pode virar uma história. As histórias são um pouco como o rabo dos peixes: existem histórias curtas e compridas, coloridas e cinzentas, e dos mais diferentes formatos. Como um rabo de peixe, uma história pode mudar de direção a qualquer instante. O importante, eu acho, é que ela continue sempre em movimento.

Esta história é sobre mim e a minha mamãe, e o lugar de onde viemos. E é sobre o homem que apareceu num dia ensolarado e tirou a foto que está pendurada na parede acima da minha cama, que mostra a verdade sobre mim. O nome dele era Benn. Portanto esta minha historinha é, em parte, a história dele também.

Eu me chamo Annie Lumsden e moro com a minha mamãe, numa casa na praia de Stupor, logo acima da linha da maré alta. Tenho treze anos e estou crescendo depressa. Meus cabelos se espalham como algas marinhas quando eu nado. Meus olhos reluzem como poças de maré. Minhas orelhas são como conchas de ostras. As marquinhas na minha pele são como as marquinhas que as ondas deixam na areia. À noite, eu brilho como o mar sob a lua e as estrelas. Pensamentos dançam em ziguezague dentro de mim, como peixinhos em águas rasas. Nadam velozes como salmões em alto--mar. Minhas perguntas rolam nas profundezas como focas. Meus sonhos mergulham como golfinhos na escuridão noturna e ressurgem, felizes e livres, na luz da manhã. Essas são as coisas que eu sei sobre mim mesma e que vejo quando olho meu reflexo nas poças da maré. São as coisas que vejo quando olho a foto que o homem dos Estados Unidos me deu antes de ir embora.

Nossa casa é rústica, de madeira, branca e cheia de sal. Na parte de trás, temos um quarto para cada uma. Cada quarto tem um pequeno armário e uma cadeira. Temos uma cozinha, como todo mundo, e um banheiro, como todo mundo. Da janela da cozinha, enxergamos a vila depois das dunas – a torre da Igreja de São Mungo, a bandeira da Escola Primária de Stupor, a chaminé vermelha da Pousada da Enguia Esguia. Na parte da frente fica a nossa sala, com a enorme janela que dá para as pedras, as poças da maré e o mar agitado, na direção das ilhas rochosas. Existem muitas histórias sobre essas ilhas. Numa delas, já moraram santos, muito tempo atrás. Outra tem um antigo castelo em cima de um rochedo.

Dizem que ali viviam sereias, que cantavam para fazer os marinheiros naufragarem. Nós estamos no norte. É um lugar muito bonito. Dizem que aqui é frio, principalmente a água, mas eu não conheço nenhum outro lugar, por isso não é frio para mim. Nem para mamãe, que também adora este lugar. Ela cresceu na cidade grande, mas, desde que era menina, sabia que ia encontrar a felicidade à beira-mar.

Temos um jardim cheio de areia, com uma cerca meio bamba, e no jardim tem um monte de conchas, além de pedras lisas em que mamãe pintou belos rostinhos. Mamãe vende estatuetas feitas de conchas – barcos a vela, tronos de sereia e casinhas engraçadas – na lojinha de presentes que fica ao lado da Pousada da Enguia Esguia. Lá ela também vende suas pedras pintadas. Quando eu era pequena, achava que essas pedras eram os rostos de irmãs e irmãos e amigos e amigas que o mar tinha trazido para mim. No dia em que falei isso, mamãe deu risada.

– Não, querida. São só pedras.

Então ela levantou uma das pedras e mostrou que todas as coisas, até pedras que sempre estiveram jogadas numa praia qualquer, podem virar histórias.

– Olá – ela sussurrou para essa pedra, que tinha a cara de um lindo garotinho de cabelo preto.

– Olá – a pedra sussurrou de volta, numa voz baixa e meiga.

– Qual é o seu nome? – mamãe perguntou.

– Meu nome é Septimus Samuel Swift – respondeu a pedra. E mamãe pôs a pedra perto dos lábios e fez a pedra olhar para mim enquanto contava sua história, dizendo que era o sétimo filho de um sétimo filho, e que tinha viajado com piratas para Madagascar e lutado com monstros marinhos no mar do Japão.

– Foi você que falou as palavras? – eu perguntei.

Ela deu uma piscadinha e sorriu.

– Como você pode pensar uma coisa dessas? – ela disse.

E passou a mão no meu cabelo e começou a cantar uma canção de marinheiro, como as que ela canta nas noites de música na Enguia Esguia.

Ela encontra histórias em toda parte: em grãos de areia que recolhe do jardim, na fumaça escura que sai das chaminés da vila, em pedaços de madeira ou vidro que o mar traz à praia. Ela pergunta: "De onde vocês vieram? Como chegaram aqui?" E eles respondem em vozes muito parecidas com a dela, mas com novas entonações, gemidos e sons que mostram que cada voz é única. Mamãe é uma ótima contadora de histórias. Às vezes, ela visita a Escola Primária de Stupor e conta histórias para as crianças pequenas. Eu costumava ficar ouvindo junto com elas. As professoras, sra. Marr e srta. Malone, sempre ficavam contentes de me ver.

– Como você tem andado? – elas perguntavam.

As crianças riam baixinho e sussurravam:

– Burra como sempre.

Muito tempo atrás, eles tentaram me colocar na Escola Primária de Stupor. Não deu certo. Eu era incapaz de aprender. As palavras escritas ficavam grudadas nas páginas, como crustáceos grudados nas pedras. Não se transformavam em sons e sentidos para mim. Os números ficavam colados nos livros como mexilhões em rochedos. Para mim, eles não se somavam, não se subtraíam nem multiplicavam.

As crianças caçoavam e riam de mim. As professoras eram gentis e boazinhas, mas, depois de um tempo,

começaram a balançar a cabeça e evitar me olhar nos olhos. Chamaram mamãe para ter uma conversinha. Disseram que eu tinha sido avaliada. A Escola Primária de Stupor não podia atender às minhas necessidades. Existia outra escola, em outro lugar, onde havia outras crianças como eu. Naquele dia, fiquei olhando pela janela enquanto elas falavam pelas minhas costas. Olhei para além dos campos atrás da escola, na direção da cidade escondida onde seria esse outro lugar. Fiquei com o coração partido, pensando que teria que passar meus dias tão longe de mamãe e do mar. "É pelo bem dela", disse a sra. Marr. Foi um momento marcante, o momento em que eu caí pela primeira vez.

Minhas pernas ficaram bambas, eu desmoronei no chão e o mundo inteiro ficou aguado e escuro, e vozes aquáticas selvagens cantaram docemente no meu cérebro, me chamando para elas. Quando acordei, mamãe estava chorando em cima de mim, me sacudindo e gritando meu nome, como se eu estivesse a um milhão de léguas de distância. E a professora estava berrando no telefone, pedindo ajuda.

Eu estendi a mão e toquei as lágrimas de mamãe, que caíam.

– Tá tudo bem – sussurrei para ela, com ternura.
– Foi ótimo, mamãe.

E foi mesmo. E eu queria que aquilo acontecesse de novo. E, pouco tempo depois, aconteceu. E então mais uma vez.

Então vieram meses de idas a hospitais e consultas médicas, e muitíssimas tentativas de ir além da minha esquisitice e descobrir os segredos e a verdade dentro de mim. Eles examinaram o fundo dos meus olhos com lanterninhas, sugaram meu sangue, prenderam fios em mim, me fizeram perguntas, me olharam com espanto, com irritação, com curiosidade, com incerteza. Vieram remédios e agulhas, e muitas palavras faladas por muitas bocas aceleradas, e muitas outras palavras escritas em muitos papéis brancos. Eu funcionava errado. Tinha as substâncias químicas erradas dentro de mim. Meu cérebro era uma tempestade elétrica. Alguma doença tinha causado estragos, ou uma batida na cabeça, ou eu já tinha nascido estragada. Tudo terminou com um único médico, o dr. John, numa única sala com mamãe e eu.

– Tem alguma coisa errada com Annie – disse dr. John.

– Alguma coisa? – perguntou mamãe.

– Sim – disse dr. John, coçando a cabeça. – Alguma coisa. Mas não sabemos o que essa coisa é, por isso não temos um nome para ela.

E nós ficamos em silêncio. E eu fiquei muito contente. E mamãe me abraçou.

E dr. John disse:

– Todos nós somos mistérios. Até para nós, os doutores de jaleco branco. E alguns e algumas de nós são um pouco mais enigmáticos do que outros.

Ele me olhou nos olhos e sorriu. Deu uma piscadinha.

– Você é uma boa menina, Annie Lumsden – ele disse.

– Ela é mesmo – disse mamãe.

– Qual é a coisa de que você mais gosta neste mundo? – perguntou dr. John.

E eu respondi:

– Essa coisa é a minha mamãe. E também de pular na água e nadar que nem os peixes.

– Então, que bom – ele disse. – Porque, diferente da maioria das pessoas, você tem as coisas que ama perto de você. E elas estão todas ali, na praia de Stupor. Seja feliz. Vá para casa.

Então nós fomos para casa.

Uma professora, a srta. McLintock, vinha toda terça--feira. Eu continuei burra.

Nós íamos ver dr. John a cada seis semanas, mais ou menos. Continuei sendo um enigma.

E andávamos na praia; sentávamos no jardim cheio de areia. Mamãe pintava suas pedras e colava suas conchas, e contava suas histórias e cantava suas canções. Eu nadava e nadava, e nós éramos felizes.

– Às vezes, acho que eu deveria ter sido um peixe – eu disse um dia.

– Um peixe?

– Isso. Às vezes eu sonho que tenho barbatanas e rabo.

– Minha nossa! – disse mamãe.

Ela rapidamente ficou de pé, levantou minha camiseta e examinou minha coluna.

– O que tem aí? – eu perguntei.

Ela me deu um beijo.

– Não tem nadinha, minha sardinha.

Ela olhou de novo.

– Ainda bem que não tem nada – ela disse.

Eu caí muitíssimas vezes. Acontecia na casa cheia de sal, no jardim cheio de areia, na praia cheia de areia. Minhas pernas perdiam a força e eu desabava, e tudo

ficava completamente aguado, e era como se eu realmente me transformasse de Annie Lumsden em outra coisa – um peixe, uma foca ou um golfinho. E, quando o mundo voltava a ser areia e pedras e casas e jardins, eu encontrava mamãe sentada do meu lado, tomando conta de mim, me esperando voltar. E ela sorria e dizia: "Onde você esteve, minha pequena nadadora?" Eu contava para ela que tinha estado muito longe, no fundo do mar, em lugares com corais e conchas e lindos

peixes coloridos, e ela sorria cada vez mais, ouvindo as palavras que saíam da minha boca enquanto eu contava minhas histórias de viagem. No começo, mamãe tinha medo de que eu fosse cair e me perder quando estivesse na água, e que eu fosse me afogar e ser levada embora, mas nós descobrimos que isso não acontecia e não ia acontecer jamais, porque, na água, eu sou quem eu sou de verdade: Annie Lumsden, menina-foca, menina-peixe, menina-golfinho, a menina que nunca se afoga.

Então veio aquele dia ensolarado, o dia do Benn.
Eu estava deitada na areia quente, do lado da mamãe.
Meu corpo e meu cérebro estavam se recompondo
depois de uma queda. Toda vez que aquilo acontecia, era
como nascer outra vez, como sair da água escura e
gostosa e aparecer no mundo como uma coisinha nova.

Mamãe fazia carinho no meu cabelo de algas, e estávamos perdidas em pensamentos sobre o enigma que eu sou e o mistério de tudo o que existe e já existiu e existirá. Olhei para ela e pedi:

— Mamãe, me fala de onde eu vim.

E ela começou a me contar uma história que eu já conhecia muito bem, desde que era pequenininha.

– Uma vez – disse ela –, quando eu estava caminhando na beira do mar, vi um pescador.

Era a velha história de sempre. Um homem estava pescando na praia, lançando sua linha bem longe na água. Um homem bonito, de casaco impermeável e botas verdes de borracha. Um homem muito trabalhador que vinha do sul, que estava descansando um pouco na praia de Stupor. Mamãe passou por ele. Eles acabaram conversando. Ele disse que adorava as paisagens do norte. Eles acabaram indo beber e dançar na Enguia Esguia. Ele ouviu mamãe cantar suas canções. Disse que ela era uma moça doidinha do norte. Ele não era um homem ruim, não mesmo. Só era um pouco desatento e um pouco irresponsável. Ele ficou com ela por um tempo, depois foi embora rapidinho. Foi procurado e nunca foi encontrado. Charles era o nome dele, ou pelo menos ele disse que era. Para falar a verdade, ele não teria sido um papai decente. Foi melhor assim, só mamãe e eu.

Mas, naquele dia, tapei os lábios dela com o dedo.

– Não – eu disse. – Não essa história velha. Essa eu já conheço.

– Mas é a verdade.

– Me conta alguma coisa com uma verdade melhor, alguma coisa que decifre o enigma que eu sou.

– Que transforme você numa história?

– Sim. Que me transforme numa história.

Ela piscou.

– Eu não queria te contar isto – ela disse. – Promete que vai guardar segredo?

– Prometo – eu disse.

Ela se debruçou, olhou as minhas costas e passou a mão na minha coluna.

– Não tem nadinha aí – ela disse. – Mas talvez seja a hora de finalmente contar a verdade.

E fiquei ali deitada na areia, no sol, e o mar vinha em ondas, e as gaivotas gritavam, e a brisa levantava

grãozinhos de areia e os espalhava sobre mim. E os dedos de mamãe percorriam a minha coluna, e ela respirava e suspirava, e a voz dela começou a fluir por cima de mim e para dentro de mim, doce como uma canção, e encontrou em mim uma Annie Lumsden diferente; uma Annie Lumsden que combinava com as minhas quedas, meus sonhos, meu corpo e o mar.

– Eu estava nadando – ela murmurou. – Era verão, de manhã, muito cedo. Um céu branco de leite, nem um

sopro de vento, água como vidro. O mundo quase todo estava dormindo. Não se via nenhuma alma viva, tirando um homem nas dunas com um cachorro, a uns quinhentos metros de distância. Não tinha nada no mar além de um barquinho rumando para o norte. Alcatrazes voando bem alto, andorinhas-do-mar pescando rente à água e ostraceiros agitados na beira das poças. A maré tinha mudado e estava baixando quase em silêncio, só havia o suave chiado da água que escoava; e, à minha volta, os segredos do mar se revelaram: as rochas, as poças, as algas, as criaturas nadadoras e as rastejantes e as caminhantes, os milhões de grãos de areia.

E, enquanto eu nadava, era puxada para trás e para longe, na direção das ilhas, me afastando da praia e das minhas coisas. Pedras começaram a aparecer por toda parte. Tinha um grande campo de algas expostas ali perto, com caules grossos como braços de crianças e longas folhas marrons borrachentas.

– Você era jovem?

– Catorze anos mais jovem do que sou hoje. Uma jovem mulher forte, com fortes e belos músculos nos ombros para nadar. Minhas coisas estavam lá em cima na praia, depois da linha da maré alta: uma bolsa vermelha de plástico, uma toalha verde estendida. Lembro que, enquanto eu nadava, mergulhava e boiava, me senti atordoada, quase hipnotizada.

Fiquei tentando olhar para o vermelho e para o verde, me lembrar que o mundo sólido era o mundo de onde eu tinha vindo e para onde precisava nadar de volta.

Mamãe sorriu para mim.

– Você conhece essa sensação?

Eu sorri.

– Você sabe que eu conheço essa sensação.

– E, enquanto eu boiava, senti o primeiro toque.

– O toque?

– Um toque delicado, carinhoso. Primeiro imaginei que eram algas tremulando, ou o roçar de uma pequena barbatana. Mas então aconteceu de novo, como alguma coisa me tocando, me tocando de propósito. Alguma coisa se movia embaixo do meu corpo, se movia logo abaixo de mim. Uma coisa oscilante que nadava, lenta e suavemente. Então a coisa foi embora. Senti frio de repente, e o cansaço e a fome surgiram dentro de mim. Mantive a calma. Nadei de peito, devagar, na direção da praia, me ajoelhei na areia molhada e me convenci de que eu tinha me enganado, tinha sido enganada. Olhei para trás. O mar estava vazio. Comecei a subir a ladeira de areia molhada em direção às minhas coisas. Uma ave gritou. Olhei para trás outra vez. Uma andorinha-do-mar estava dançando no ar, logo atrás de mim, com o bico apontado para a água. Ela gritou de novo, então voou para longe quando o homem surgiu do meio das algas de folhas marrons.

– O homem? – sussurrei.

– Ele era magro, mas com ombros largos. Cabelos lustrosos como algas. Pele lisa e brilhante como pele de foca. Ficou agachado na beira da água, parado entre a terra e o mar. Juntou as mãos em concha e bebeu o mar. Ergueu o olhar para o sol baixo, leitoso, e baixou os olhos de novo. Eu não consegui me mexer, não tive coragem. Vi a barbatana dobrada nas costas dele.

– A barbatana?

– Vi os dedos dele, ligados por membranas, nas mãos e nos pés. Os olhos eram enormes, escuros e cintilantes. Ele riu, como se aquele momento lhe desse muita alegria. Juntou as mãos em concha de novo e derramou água sobre si mesmo. Então levantou os olhos e olhou para mim, e, depois de um momento de grande quietude em nós dois, ele saiu do mar e veio na minha direção.

– Você fugiu?

– Ele não parecia ser nenhuma ameaça, nenhum perigo. Olhei mais longe na praia. O homem com o cachorro nas dunas estava a um mundo de distância.

O homem de barbatana veio, ajoelhou a menos de um metro de mim.

— Ele falou alguma coisa?

— Ele fazia um som, um som líquido, como se a garganta dele tivesse água, não ar.

— O que ele era?

– Um mistério. Um segredo do mar. Ele era muito bonito. Vi nos olhos dele que ele me achava bonita também.

Olhei nos olhos da minha mãe. O que foi que eu vi neles? O prazer das lembranças ou o prazer da imaginação?

– Ele era meu pai? – eu sussurrei.

Os olhos dela eram como poças claras.

– Esse foi o primeiro dia – ela disse. – Não chegamos mais perto um do outro. Não nos tocamos. Vi a água secando nele, deixando sal na sua pele bonita. Quando ele viu isso, desceu de novo para o campo de algas e desapareceu. Mas voltou em outras manhãs leitosas, bem cedinho, quando o mar estava calmo. No último dia em que ele veio, ficou uma hora comigo. Andou

na areia. Ficamos na sombra entre as pedras. Eu derramava água das poças em cima dele. Ele era muito bonito, e sua voz líquida era muito bonita.

– Ele era meu pai?

– Nesse dia encostei na barbatana dele, nas membranas das mãos, nos seus cabelos de algas. Ainda lembro da sensação nos meus dedos. Nesse último dia, tivemos que voltar para o mar depressa. Apesar da água da poça, a pele dele estava secando, sua voz estava rouca, seus olhos de repente se tingiram de medo. Corremos de volta para a água. Ele deu um suspiro

ao entrar na água de novo. Olhamos um para o outro, ele de dentro do mar, eu de fora. Do mar, ele estendeu a mão para mim. Estava molhada e pingando, e nela havia uma concha. Esta concha.

Mamãe abriu a mão, revelando uma concha.

– Então ele partiu nadando.

Peguei a concha da mão dela. Era comum como qualquer concha, bonita como qualquer concha.

– Vou encurtar a história – ela disse. – Nove meses depois, você nasceu.

– E isso é verdade?

– E sim, isso é...

Ouvimos um clique. Viramos. Tinha um homem parado perto de nós, com uma câmera na frente do rosto. Ele baixou a câmera.

– Desculpem – ele disse.

Ele veio até nós.

– Mas estava uma cena tão bonita, vocês duas. Era como se a menina tivesse sido trazida pelo mar.

Não dissemos nada. Ainda estávamos perdidas na história que mamãe tinha contado.

– Meu nome é Benn – ele disse. – Estou de passagem. Ficando na sua Pousada da Enguia Esguia. Vim tirar umas fotos das suas ilhas.

Ele pediu desculpa de novo. Achou que nosso silêncio fosse frieza, desejo de ficarmos a sós. Fez uma saudação e continuou andando.

– Por favor – disse mamãe.

Ele parou, olhou de volta para nós.

– Temos poucas fotos de nós duas – ela disse. – Será que podemos ficar com a que você tirou hoje?

Ele sorriu, e nós voltamos totalmente para o mundo, e mamãe convidou o homem para tomar um chá no nosso jardim cheio de areia.

Ele nos contou sobre as viagens dele, sobre cidades distantes, montanhas e mares. Disse que adorava a sensação de percorrer o mundo, livre e leve, passando pelas histórias de outras pessoas. Disse que, às vezes, quando chegava em casa com as fotos, eram como imagens de sonhos e lendas. Deu uma risada contente, olhando para a baía de Stupor. Fez um gesto com as mãos na direção do mar e das ilhas.

– Quem teria imaginado que um lugar desses estaria esperando por mim.

Dissemos que quase nunca saíamos desse lugar, e pela primeira vez, olhando para Benn, me peguei pensando que, um dia, podíamos nos mudar para longe.

Ele falou dos Estados Unidos, e dos filhos dele, chamados Maggie e Jason.

– Você tem os presentes perfeitos para eles – disse Benn.

Ele comprou uma sereia feita de conchas e uma pedra pintada com o rosto de um anjo sorridente.

Bebeu seu chá e comeu sua torrada. Tirou mais fotos de nós, da casa e das ilhas.

– Sempre levo histórias para casa também – ele disse.

Ele piscou para mamãe.

– Você tem cara de quem conhece umas boas histórias.

Naquela noite, mamãe cantou canções de marinheiro na Enguia Esguia. Fiquei sentada com Benn, bebendo limonada e comendo batata frita. Entre uma canção e outra, ele me falava de todos os mares que tinha visto ao redor do mundo. Mergulhou a ponta do dedo na cerveja.

– Um átomo da água nesta cerveja – disse ele – já esteve no mar do Japão um dia. – Ele mergulhou o dedo de novo. – E um átomo destes já esteve na baía de Bengala. Todos os mares se misturam uns com os outros. – Ele lambeu o dedo, sorriu. – E se misturam conosco.

Dei um gole na minha limonada. Senti o mar Báltico e

o mar Amarelo e o golfo Pérsico escorrerem pela minha garganta. A chuva batia na janela atrás de nós. A voz de mamãe dançava ao redor da música de uma flauta. Nós cantamos junto nos refrões. Batemos na mesa para marcar o ritmo. Benn bebeu e me falou do lugar onde morava e da família dele, a tantíssimos quilômetros de distância.

– Eu sou feliz quando estou lá – ele disse. – Mas então viajo e encontro tantos outros lugares para ser feliz.

Mamãe terminou de cantar e sentou entre mim e Benn, e sua voz tinha um tom risonho. Quando a pousada fechou, ficamos lá fora. A chuva tinha parado, as nuvens tinham se dispersado, a lua estava no céu. O mar trovejava na praia.

– Vou revelar aquelas fotos hoje à noite – ele disse. – Usar a noite como quarto escuro.

Ele encostou no rosto de mamãe. Disse que ela era bonita. Eu olhei para o outro lado. Eles sussurraram. Acho que se beijaram.

O homem de barbatana surgiu nos meus sonhos. Eu falei as palavras aquáticas que significam "pai". Ele falou as palavras aéreas que significam "filha". Nadamos juntos para os mares do sul, com peixes coloridos e corais, e para os mares do norte, com *icebergs*

e baleias. Nadamos a noite inteira, de mar em mar em mar em mar, e, quando acordei, o sol estava bem alto e já tinha vozes no jardim.

– Vem cá ver – disse mamãe, quando apareci na porta.

Os olhos dela estavam bem abertos e brilhantes.

– Vem cá ver – disse Benn.

Andei descalça pela areia. Tinha fotos espalhadas na mesa do jardim. Mamãe segurava outra foto contra o peito.

– Você já viu uma coisa dessas ser revelada? – perguntou Benn.

Eu fiz que não com a cabeça.

– Primeiro, as coisas nelas aparecem como imagens secretas, através de um líquido. Como criaturas secretas avistadas no fundo do mar. Aparecem numa estranha luz branca, que brilha como o luar. – Ele apertou os olhos, olhou para mim, sorriu. – Esses são os segredos que enxerguei ontem à noite, Annie Lumsden.

Então ele andou para longe de nós, virou-se para as ilhas, nos deixou a sós.

Fui olhando as fotos na mesa: mamãe e eu, o jardim, a casa, as ilhas. Mamãe ainda segurava a outra foto junto ao peito.

– Veja isso, Annie – disse.

Ela mordeu o lábio enquanto finalmente virava a foto para me deixar ver.

Lá estávamos nós, mamãe e eu na beira da água. Como Benn tinha dito, era como se eu fosse alguma coisa trazida pelo mar, como se mamãe estivesse estendendo a mão para me ajudar a levantar, para me ajudar a nascer. Vi como meus cabelos realmente pareciam algas, como minha pele parecia pele de foca. Então olhei para longe, depois olhei de novo para a foto, mas era verdade. Tinha uma barbatana crescendo nas minhas costas. Fina, pálida, incompleta, como se crescida só pela metade. Mas era uma barbatana.

Mamãe então me tocou ali, embaixo da nuca, entre os ombros. Seguiu com o dedo a linha da minha coluna. Eu toquei onde ela tocou, mas nós tocamos apenas em mim.

– Não tem nada aí? – sussurrei.

– Não tem nada aqui.

Pus o dedo na mesma linha na fotografia. Olhei para Benn, reto e alto, virado para as ilhas e o mar.

– Será que Benn...? – comecei a falar.

– Como você pode pensar uma coisa dessas? – disse mamãe.

Olhei para ela.

– Então a história era verdade? – eu perguntei.

Ela olhou nos meus olhos e sorriu.

– Sim. A história era verdade.

E eu coloquei a foto na mão dela e saí correndo, passando pelo Benn, corri para dentro das ondas e não parei até mergulhar bem fundo, e subi de volta à tona e nadei e senti a alegria da barbatana tremendo nas minhas costas, me dando apoio, me ajudando a seguir em frente.

Olhei para trás e vi mamãe e Benn na beira da água, de mãos dadas.

– Você viu a verdade! – gritei.

– E a verdade pode te libertar! – Benn respondeu.

Pouco tempo depois, ele foi embora. Disse que tinha que encontrar um boxeador em Londres e talvez uma atriz em Milão, e precisava ver uma guerra no Extremo Oriente e... Ele encolheu os ombros. Disse que, para pessoas como nós, devia parecer uma vida sem forma, sem rumo.

– Você tem que ir para os Estados Unidos um dia – ele disse para mim. – Tem que visitar a minha Maggie.

Engoli em seco.

– Vou sim – eu disse, e acreditei no que disse.

– Que bom. E pode ter certeza de que, até lá, ela já vai conhecer a sua história.

Ficamos com ele esperando um táxi em frente à Pousada da Enguia Esguia. Ele tinha na mão sua pedra pintada e sua sereia de conchas. Abraçou mamãe com força e deu um beijo nela.

Estendi a concha que mamãe tinha me dado.

– Posso…? – perguntei para ela.

Ela sorriu e fez que sim com a cabeça.

– É para você – eu disse para Benn. – E depois para Maggie.

Ele colocou a concha no ouvido.

– Eu ouço o barulho do mar. Ouço o sussurro dos segredos que ele guarda. Ouço o silêncio das profundezas. – Ele piscou. – Sei que esta concha é muito preciosa, Annie. Vou guardá-la bem.

E me beijou na testa. Então o táxi chegou, e o homem dos Estados Unidos partiu da baía de Stupor.

Depois disso, as coisas nunca mais foram as mesmas. Coisas que pareciam fixas e duras e sem esperança começaram a mudar. Palavras e números deixaram de ser crustáceos e mexilhões grudados nas páginas. Comecei a me sentir tão livre na terra quanto me sentia no mar. Caía cada vez menos. A srta. McLintock começou a falar em tentar me colocar numa escola de novo. Será que aquilo tinha a ver com as histórias de mamãe e a fotografia de Benn? Um dia, tomei coragem e contei para o dr. John sobre o homem de barbatana. Ele riu muito. Mostrei para ele a foto de Benn e ele riu de novo. Depois ficou em silêncio.

– Às vezes – ele disse –, o melhor jeito de entender como ser um ser humano é entender como somos estranhos.

Ele pediu para examinar minhas costas. Espiou embaixo do meu colarinho, atrás do meu pescoço.

– Não tem nada aí? – perguntei.

– Tem sim. Tem uma coisa fantástica aqui. Um mistério. E às vezes o maior mistério de todos é como um mistério pode ajudar a resolver outro mistério.

Então ele deu outra risada e disse:

– O que quer que isso signifique!

Ele sorriu.

– Volte daqui a um ano, Annie Lumsden – disse ele.

E, é claro, aquilo tinha tudo a ver com o simples fato de crescer, de ter treze anos, indo na direção dos catorze e além. E tinha a ver com ter uma mamãe que achava que não havia nada de estranho em amar uma filha que talvez fosse metade criatura do mar.

Esta obra foi publicada originalmente em inglês com o título
ANNIE LUMSDEN, THE GIRL FROM THE SEA
por Walker Books Limited, London SE11 5HJ.

© 2007, David Almond, para o texto
Publicado primeiramente em CLICK
© 2020, Beatrice Alemagna, para as ilustrações
Publicado por acordo com Walker Books Limited, London SE11 5HJ
© 2024, Editora WMF Martins Fontes Ltda., São Paulo, para a presente edição.

Todos os direitos reservados. Este livro não pode ser reproduzido, no todo ou em parte,
armazenado em sistemas eletrônicos recuperáveis nem transmitido por nenhuma forma ou
meio eletrônico, mecânico ou outros, sem a prévia autorização por escrito do editor.

1ª edição 2024

Tradução *Rafael Mantovani*
Acompanhamento editorial *Helena Guimarães Bittencourt*
Preparação de texto *Ana Alvares*
Revisões *Celina Falcão, Diogo Medeiros*
Produção gráfica *Geraldo Alves*
Paginação *Moacir Katsumi Matsusaki*

Dados Internacionais de Catalogação na Publicação (CIP)
(Câmara Brasileira do Livro, SP, Brasil)

Almond, David
 Annie, a menina do mar / David Almond ; tradução Rafael
Mantovani. – São Paulo : Editora WMF Martins Fontes, 2024.

 Título original: Annie Lumsden, the girl from the sea
 ISBN 978-85-469-0618-5

 1. Literatura infantojuvenil I. Alemagna, Beatrice. II. Título.

24-212132   CDD-028.5

Índices para catálogo sistemático:
1. Literatura infantil   028.5
2. Literatura infantojuvenil   028.5

Cibele Maria Dias – Bibliotecária – CRB-8/9427

Todos os direitos desta edição reservados à
Editora WMF Martins Fontes Ltda.
Rua Prof. Laerte Ramos de Carvalho, 133 01325-030 São Paulo SP Brasil
Tel. (11) 3293-8150 e-mail: info@wmfmartinsfontes.com.br
http://www.wmfmartinsfontes.com.br